KB275800

님께 드립니다

로부터

너는 특별하단다2

모든이를 위한 특별한 선물

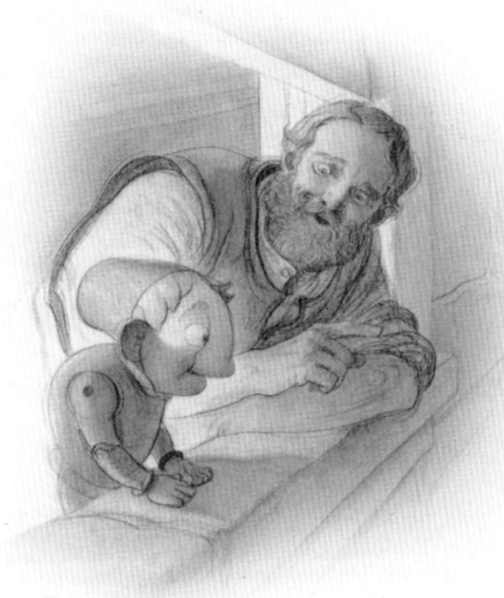

MAX LUCADO

맥스 루케이도 지음 / 세르지오 마르티네즈 그림 / 김선주 옮김

고슴도치

너는 특별하단다 2

지은이 맥스 루케이도 / 그린이 세르지오 마르티네즈 / 옮긴이 김선주
펴낸곳 고슴도치 / 펴낸이 김유경
초판 3쇄 2024.02.17 / 등록번호 제10-1776호 / 등록일 1999.06.04
주소 경기도 파주시 책향기로 319, 109-305
전화 영업부 070 4063 9357, 편집부 070 4063 9358
Fax 031 601 8132

You Are Mine
Text Copyright ⓒ 2001, 2003 by Max Lucado
Illustrations Copyright ⓒ 2001, 2003 by Sergio Martinez
Published by Crossway Books a publishing ministry of
Good News Publishers Wheaton. Illinois 60187. U.S.A.

This edition published by arrangement
with Good News Publishers through rMaeng2.
All rights reserved.
Korean translation copyright ⓒ 2010 by Gosmdochi

이 책의 한국어판 저작권은 알맹2 에이전시를 통하여 Crossway Books
사와 독점 계약한 고슴도치에 있습니다.
저작권법에 의해 한국 내에서 보호를 받는 저작물이므로 무단전제와
복제를 금합니다.

ISBN 978-89-89315-35-3 03840

값 9,000원

잊지 마렴,

네가 가진 것 때문이 아니고

너는 단지 너라는 이유만으로도

특별하단다.

상자와 공

편치넬로는 웸믹 마을에 살았습니다. 다른 웸믹들처럼 웸믹을 만드는 목수 엘리가 나무를 깎아서 만들었고, 다른 웸믹들이 늘 그렇듯이 때때로 어리석은 행동을 했습니다. 바로 상자와 공을 사모았을 때처럼요.

터크라는 웸믹이 새 상자를 한 개 사면서 시작된 그 일은 이내 광풍이 되어 온 마을을 휩쓸었습니다. 물론 상자는 누구나 갖고 있었습니다. 하지만 터크의 상자는 새것이었습니다.

터크는 새 상자가 무척 마음에 들었습니다. 분명히 마을에서 가장 좋은 상자일 거라고 생각했습니다. 그는 상자의 밝고 아름다운 색채를 뽐내고 싶었습니다. 아니, 안달이 날 지경이었습니다. 터크는 길을 왔다갔다하며 사람들에게 자신의 상자를 보여주었습니다. 그러고는 마주치는 웸믹들에게, "너, 내 새 상자 봤니? 한번 만져 볼 테야?" 하며 말을 걸었습니다.

터크는 펀치넬로에게도 우쭐대며 다가와, "너도 이런 새 상자 갖고 싶지? 그치?" 하고 말했습니다. 펀치넬로는 그 상자가 정말 아름다워 보였습니다. 그래서 자신도 그런 상자가 한 개 있으면 좋겠다고 생각했습니다.

터크는 계속 상자를 뽐내며 돌아다녔습니다. 새 상자가 자신을 다른 웸믹보다 더 뛰어난 웸믹으로 만들어준다고 생각하면서요.

하지만 또다른 웸믹 닙은 그것을 인정할 수 없었습니다. 닙은 길 건너편에서 "내 상자도 터크 것 못지않아!" 하고 웸믹들에게 자신의 상자를 보여주며 말했습니다. 닙의 상자는 새것은 아니었지만, 좀더 크고 좀더 색깔이 밝았습니다. 터크의 상자보다 말입니다.

터크는 입을 꽉 다문 채 화가 난 표정으로 닙을 노려봤습니다. 그리곤 뭔가를 생각해냈습니다.

터크는 가게로 달려가 공을 한 개 샀습니다. 상자에 더하여 공까지, 이제 닙보다 더 많이 갖게 되었습니다.

닙은 터크의 공을 보고 이맛살을 찌푸렸습니다. 하지만 곧 미소를 지을 수 있었습니다. 공을 두 개 샀던 것입니다. 닙은 두 개의 공과 상자를 든 채 터크에게 다가가 뽐내며 말했습니다. "이제 내가 너보다 더 많아!"

터크는 어떻게 갔는지도 모르게 가게로 가서 상자를 하나 더 샀습니다. 그러자 닙도 달려가서 공을 하나 더 샀습니다. 그리고 이번엔 터크가 공을, 닙이 상자를 샀습니다.

공, 상자, 공, 상자. 터크, 닙, 터크, 닙.

둘은 번갈아 가며 상자와 공을 사댔습니다.

이쯤에서 누군가 나서서 이 난리법석을 멈추게 해야 했습니다. 실제로 시장이 그러려고 했습니다.

"당신들 참 어리석군! 도대체 누가 장난감 따위가 더 많은지에 관심을 갖는단 말이오?" 시장이 터크와 닙에게 말했습니다.

"시장님은 지금 질투하시는 거죠? 시장님은 하나도 없으니까." 두 사람은 동시에 시장에게 대꾸했습니다.

"질투라고? 맙소사!" 그러나 잠시 뒤 시장은 가게로 가서 상자와 공을 한아름 사가지고 나왔습니다.

이제 다른 웸믹들도 경쟁에 합류했습니다. 정육점과 빵집 주인, 가구점 점원, 동네 의사와 시내 치과의사까지. 오래지 않아 거의 모든 웸믹들이 상자와 공을 가장 많이 모은 웸믹이 되고 싶어 했습니다.

큰 상자, 밝은 상자, 무거운 공, 가벼운 공… 어떤 것이든 사려고 했습니다. 키 큰 사람은 물론, 키 작은 사람들도 그것들을 들고 다녔습니다.

BALL
BOY & BALL
STORE

그리고 모두 똑같은 생각을 했습니다.

'많이 가지면 훌륭한 웸믹이고, 적게 가지면 하찮은 웸믹이다.'

키보다 더 높이 상자와 공을 안고 가는 웸믹을 보면, "대단한 웸믹이 지나가네." 하고 말했습니다. 그러나 공과 상자를 달랑 하나씩 들고 가는 웸믹을 보면 혀를 차며 중얼거렸습니다. "쯧쯧, 하찮고 별 볼일 없는 웸믹이군."

물론 펀치넬로는 하찮은 웸믹이 되고 싶지 않았습니다. 그래서 상자와 공을 가능한 많이 사모으기로 마음먹었습니다. 먼저 펀치넬로는 옷장을 뒤져서 작은 공 한 개를 찾아냈습니다. 그러고는 주머니를 톡톡 털어 작은 상자 한 개를 살 만큼의 돈을 모았습니다.

많이 더 많이

FOR SALE

"이걸로는 부족해. 상자와 공을 더 사려면 책이라도 팔아야겠어." 펀치넬로는 심각한 표정으로 중얼거렸습니다.

펀치넬로는 정말로 책들을 팔아서 한쪽 면에 구름이 그려진 초록색 상자를 샀습니다. 하지만 그는 더 많이 갖고 싶었습니다. "돈이 필요해. 밤을 새워 일을 해야겠어." 그렇게 번 돈으로 공을 한 개 더 샀습니다. 밤새워 일하는 펀치넬로에게는 침대가 필요 없었습니다. 침대를 팔기로 결정했고, 침대를 판 돈으로 공을 두 개 더 샀습니다.

곧 펀치넬로도 공과 상자를 한아름 안고 다니게 되었습니다. 하지만 다른 웸믹들은 더 많이 가졌습니다. 너무 많이 가진 웸믹들은 걷기조차 힘들어 했습니다.

"상자와 공이 너무 많아서 들고다니는 게 여간 힘든 게 아니야." 하고 투덜댔지만, 속내는 뽐내는 것이었습니다.

펀치넬로도 그런 웸믹들처럼 되고 싶었습니다. 그래서 더 많은 물건들을 팔아치웠고 더 오래 일했습니다. 잠을 제대로 못 잔 그의 눈은 퀭해 보였고, 장난감들을 들고 다니느라 팔의 힘도 다 빠져 버렸습니다.

마지막으로 쉰 건 까마득히 먼 옛일이었고, 더 끔찍한 것은 친구들과 마지막으로 만나서 논 때가 언제였는지조차 기억할 수 없었다는 것입니다.

"진짜 오랜만이다!" 어느 날 친구 루시아가 펀치넬로에게 말을 걸어왔습니다.

"이제 우리랑 안 놀 거야?" 단짝이었던 스플린트가 물었습니다.

사실 모든 웸믹들이 상자와 공에 정신을 빼앗긴 것은 아니었습니다. 펀치넬로의 친구들은 그러지 않았던 것입니다. 그러나 펀치넬로에겐 친구들보다 상자와 공을 모으는 일이 더 중요했습니다.

FOR
SALE

"난 할 일이 많아."

펀치넬로의 대답에 친구들이 한숨을 내쉬었습니다.

펀치넬로는 별로 신경쓰지 않았습니다. 오직 상자와 공을 모으는 웸믹들이 어떻게 생각하느냐만을 중요하게 생각했으니까요. 그런데 펀치넬로가 아무리 일을 해도 다른 웸믹들의 관심을 끌 만큼 사모을 수는 없었습니다.

"그래, 집을 팔아야겠어!" 마침내 그는 단호한 결정을 내렸습니다.

"그건 미친 짓이야!" 루시아가 소리쳤습니다.

"앞으로 어디서 살려고?" 스플린트가 물었습니다.

펀치넬로는 대답할 수 없었지만 신경쓰지 않았습니다. 그 순간 그의 유일한 관심은 그 돈으로 살 수 있는 상자와 공뿐이었으니까요. 결국 펀치넬로는 집을 팔았고, 수많은 상자와 공을 사고 또 샀습니다.

이제 펀치넬로는 들고다니는 것들의 높이가 키보다 더 높아졌고, 그래서 앞을 제대로 보지도 못하면서 걸어다녀야 했습니다.

하지만 개의치 않았습니다. 팔이 좀 아픈들 어떤가요? 걸어가다 벽에 부딪힌들 무슨 큰일인가요? 그깟 친구가 있든 없든 무슨 대수인가요? 그가 상자와 공을 들고 지나가면 웸믹들이 가던 길을 멈추고 "와, 저 훌륭한 웸믹 좀 봐!" 하고 말해주는데요. 비록 그들을 볼 수는 없었지만 소리는 들을 수 있었고, 펀치넬로는 더없이 기분이 좋았습니다.

나는 훌륭한 웸믹이야!

규칙이 바뀌다

그때 누군가 규칙을 바꿨습니다. 바로 시장의 부인이었습니다. 그녀는 자신의 상자와 공이 무척 자랑스러웠습니다. 개수도 많았지만 특별한 것들이 많았기 때문입니다. 시장 부인은 이름도 화려한 가장 값비싼 상점에서 상자와 공을 샀습니다. 그리고 누구나 볼 수 있도록 상표를 떼지 않은 채 들고 다녔습니다. 물론 자신이 최고의 웸믹이란 것을 과시하고 싶었던 것입니다.

어느 날 그녀에게 한 가지 생각이 떠올랐습니다. "나는 가장 많이 가질 테야, 그리고 가장 높이 올라가겠어!" 그래서 그녀는 자신의 상자 더미 꼭대기에 올라가 외쳤습니다. "여러분! 날 좀 봐요!"

곧바로 상자와 공을 모으는 웸믹들 사이에서 시장 부인보다 더 높이 올라가려는 소동이 벌어졌습니다. 분수대 위로도 올라갔고, 발코니 위나 지붕 위에까지 올라갔습니다. 하지만 산꼭대기를 생각해낸 것은 시장이었습니다.

마을 뒤편에는 웸믹 봉우리가 있었습니다. "내가 저 꼭대기에 가장 먼저 올라가겠어!" 시장은 자신이 정말로 그렇게 되길 바라며 소리쳤습니다. 이제 어떤 웸믹이 가장 많이 갖고서 가장 높이 오르느냐는 경주가 되었습니다. 웸믹들은 상자와 공을 들고서 산꼭대기를 향해 달려갔습니다.

그것은 참으로 어리석고도 어리석은 경주였습니다. 그들은 앞을 제대로 볼 수 없었던 탓에 서로 부딪치고, 지쳐 나가떨어지고, 좁은 길로 인해 산길 아래로 굴러 떨어지기도 했습니다. 하지만 그들은 계속해서 올라갔습니다.

대열의 맨꽁무니에 펀치넬로가 있었습니다. 그는 유난히 힘들어 하며 올라갔는데, 이제 막 '훌륭한' 웸믹이 된 탓에 많은 상자와 공을 들고다니는 것이 익숙치 않았던 것입니다. 하지만 굳게 마음을 먹고 작은 나무 다리를 한발

한발 내딛으며 올라갔습니다. 그런데 펀치넬로는 앞을 제대로 볼 수 없어서 대열에서 점점 멀어지고 있었다는 사실을 깨닫지 못했습니다.

문득 주위를 살펴보니 아무도 없었습니다. '그래, 내가 제일 앞선 거야!' 라고 펀치넬로는 생각했습니다. 그리고 계속 오르고 또 올랐습니다. '이제 곧 정상일 거야. 난 정말로 대단한 웸믹이야! 가장 많이 갖고, 또 가장 높이 오르고 있잖아!'

그때 펀치넬로의 발끝에 뭔가가 걸렸습니다. 들고 있던 장난감들이 좌우로 흔들렸고 펀치넬로는 이리저리 움직이며 균형을 잡아보려고 했지만 결국 우당탕 넘어지고 말았습니다.

그런데 펀치넬로는 자신이 목수 엘리의 집 쪽으로 가고 있었다는 사실을 전혀 몰랐습니다. 그는 엘리의 작업장 현관 문턱에 걸려서 안으로 넘어졌던 것입니다.

주위를 살펴 그곳이 어딘지 깨달았을 때 펀치넬로는 몹시 부끄러웠습니다. 한동안 상자들과 공들이 여기저기 흩어져 있는 마룻바닥에 넘어진 채로 있었습니다. 공 하나가 마루를 데굴데굴 굴러가다가 엘리의 작업대 앞에 멈춰 섰고 그 순간 엘리가 문쪽으로 몸을 돌렸습니다.

"펀치넬로니?" 엘리 아저씨의 목소리는 깊고 고요하고 부드러웠습니다.

펀치넬로는 자신의 나무 얼굴이 홍당무처럼 빨개지는 걸 느끼면서 가만히 있었습니다.

"짐이 보통 많은 게 아니구나."

지칠 대로 지친 펀치넬로는 여전히 고개를 숙인 채, 무릎을 펴고 몸을 일으켰습니다.

"제 상자랑 공이에요." 펀치넬로가 작은 소리로 말했습니다.

"저것들은 가지고 노는 거니?" 엘리가 물었습니다.

펀치넬로는 고개를 저었습니다.

"그럼 상자와 공이 좋은 게냐?"

"상자와 공을 많이 갖고 있을 때 드는 느낌이 좋아요."

"어떤 느낌인데?"

"중요한 웸믹이 된 느낌이요." 펀치넬로는 여전히 작은 목소리로 대답했습니다.

"음, 그렇다면 너도 다른 웸믹들과 똑같이 생각했구나. 그러니까 많이 가지면 가질수록 더 훌륭해지고, 더 행복해진다고." 엘리가 말했습니다 .

"네, 그런 것 같아요."

"이리 오렴, 펀치넬로. 네게 보여줄 게 있단다."

그제서야 펀치넬로는 고개를 들고 엘리를 바라보았습니다. 웸믹을 만든이는 전혀 화난 표정이 아니었고 그래서 펀치넬로는 한결 마음이 놓였습니다. 펀치넬로는 엘리를 따라 창문 너머를 바라보았습니다.

"저들을 보렴." 엘리가 말했습니다.

펀치넬로는 산을 오르느라 여전히 야단법석을 떨고 있는 이들을 바라보았습니다. 그들은 넘어지고, 자빠지고, 다투고, 심지어 앞서가기 위해 서로를 팔꿈치로 치기까지 했습니다.

"저들이 행복해 보이니?" 엘리가 물었습니다.

펀치넬로는 고개를 저었습니다.

"저들이 대단하고 훌륭한 웸믹들처럼 보이니?"

“아니요.”라고 말하면서 펀치넬로는 시장과 그 부인의 모습을 발견했습니다. 시장은 바닥에 엎어져 있었고 부인이 그의 등을 밟고 서 있었습니다. 또 그녀는 머리에 상자를 이고 있었고, 시장은 입에 공 하나를 물고 있었습니다.

“내가 저렇게 행동하라고 웸믹들을 만들었다고 생각하느냐?” 엘리 아저씨가 물었습니다.

“아니요.”

펀치넬로는 커다란 손이 자신의 어깨 위에 올려지는 것을 느꼈습니다.

“네가 상자와 공을 얻기 위해 무엇을 대가로 치렀는지 기억하고 있니?”

“제 책과 침대, 제 돈과 제 집이요.”

“나의 어린 친구야, 너는 그보다 훨씬 많은 대가를 치렀단다.”

펀치넬로는 엘리의 말을 들으며 자신이 무엇을 더 팔았는지 생각했습니다.

"너는 네 행복을 대가로 치른 거란다. 생각해 보렴 너는 그동안 전혀 행복하지 않았어, 그렇지 않니?"

"네." 펀치넬로는 잠시 머뭇거리다 대답했습니다.

"또 너는 친구들도 잃었어. 무엇보다도 믿음을 잃었지. 너는 내가 너를 행복하게 살도록 만들었다는 것을 믿지 못했어. 대신 넌 이 상자와 공을 믿었던 게지."

펀치넬로는 흩어져 있는 장난감들을 쳐다봤습니다. 갑자기 그것들이 하찮게 보였습니다.

"저는 늘 엉망인 것 같아요."

"괜찮단다. 너는 여전히 특별하단다."

펀치넬로는 고개를 숙이고 안도의 미소를 지었습니다.

“너는 특별하단다. 네가 가진 것 때문이 아니라 단지 너라는 이유만으로. 내가 너를 만들었고 나는 널 사랑한단다. 그것을 잊지 마렴 어린 친구야.”

“잊지 않을게요.” 펀치넬로는 미소를 지었습니다. 그리고 조금 있다가 엘리를 불렀습니다.

“엘리 아저씨?”

“왜?”

“이 상자들과 공들을 어떻게 할까요?”

“글쎄, 정말로 필요한 누군가에게 줘야겠지.”

펀치넬로는 떠나려다가 다시 한번 멈춰 서서 조심스럽게 말했습니다.

“엘리 아저씨?”

“왜?”

“그런데 제가 잘 곳이 없어요.”

엘리는 미소를 지으며 말했습니다. "오늘밤 이곳에서 자면 어떻겠니?"

"그렇게 해주시면 너무 좋죠. 저 많이 피곤하거든요."

그리고 그날 밤 펀치넬로는 대팻밥 침대 위에서 잠을 잤습니다. 잠을 아주 푹 잤습니다. 그를 만든 이의 집은 무척 편안했으니까요.